자작나무 숲으로 가자

자작나무 숲으로 가자

고유진 시집

문이당

시인의 말

긴 침묵의 시간이었다
내안의 헝클어진 삶의 관조가 버거워
더욱 침잠해있던 나날이었다
깊은 고독이 풀어헤쳐진 가슴의 공허를
단단히 고정 시켜 준 고마운 2019년,
다시 온 풍요로운 가을에
출간을 하게 되어 더없이 기쁘다

2019년 가을
고 유 진

차례

시인의 말

1부 자작나무 숲으로 가자

2부 싸가지가 예쁘다

3부 마주한 사람이 있는 밤

4부 쇠똥구리와 21세기

1부
자작나무 숲으로 가자

초혼조招魂鳥

서산마루에 해 걸리었다

오늘 못 다한
그 설움이 뉘엿뉘엿
울부짖는다

못 놓은 마음줄이
구슬피 적막을 헤치면
어느 곳, 누군가도
소리 없는 울음 우는가

밤별도 숨어버린 고요야夜
어스름 밤 불러 흐느낌은
사시나무를 흔든다

밤을 깨운다
밤을 적신다

덕수궁

하늘이 저만치 무르익은 날
갈빛 노오란 물보라를 본다
덕수궁 석조전 앞, 분수대에
햇살이 포말 되어 가을을 적신다

이제는 먼 이야기가 된 경운궁의 시련이
아련한 눈물 되어 분수로 나린다
세월을 닦은 돌담길 옆
영욕의 시간은 묵은 나무숲을 이루고
한숨짓던 세월을 보듬어 안는다

고색이 은은한 궁궐을 걷다보면
고종이 즐겨한 이국의 커피향이
정관헌 너머
세대를 어울러 아련히 날리우 듯
회상하는 풍광이 짙다

격변에 주인 잃은 궁역宮域만이
덕수를 이루고
권불십년權不十年의 덧없는 허무가
낙엽 되어 쌓인다
그토록 애잔한 역사는
깊이 갇힌 나무 밑동처럼 남았다

그러나 시간은 멈추지 않는 물결이던가
"황하가 맑아지는 천재일우의
시운을 맞았으므로 영원히 창대하리라"는
대한문상량문처럼
덕수궁은 오늘도 돌담길을 걷나니
그 걸음걸음이 창대하여 유유히 드높기만 하다

부석사
−영주 부석사에서

간밤에 내린 무서리에
홍옥 향 짙더니
붉게 타오르는 장작불처럼
부석사 가는 길을
빨간 사과가 훨훨 에워싸고
하늘 밑의 첫 발길
저기, 외로운 사람의
볼에도 붉은 수를 놓았다

사랑이 오래면 짙은 낙엽 향이런가
첩첩이 짙은 향을 담은
노란 은행잎이 사잇길을 구르고
부석사 오르는 운치에
이제껏 사무친 고독의 그림자도
함께 웃는 고요한 미소로
향기로워라

산사의 무량수전
배흘림기둥에 서서
고즈넉 저녁 예불에
부세浮世의 영화도 한낱,
포화泡花 같으려니

공양 간에서 피어오르는
하얀 연기는
모든 시름을 재로 날리우 듯
아득히 사라진다

어두워진 산사를 뒤로
속세로 귀장歸裝하는
평온의 사색思索은
저녁노을 빛처럼

저기, 외로운 사람의 뒷모습에
노란 웃음이 있어라

선인장

미지의 아득한 사막에
캄캄한 어둠이 내린다

어둠의 골이 깊어질수록
덧 대어 지는 너의
날카로운 가시는
내 혼魂 을 흔들어도
가까이할 수가 없다

손닿을 수 없도록
가시덤불을 만들어
하루를 살아내는
무명의 새침함이여,

안으로 켜 닫은 네 상냥을
누가 알리오?
척박한 대지의 오아시스,
숨은 얼굴아

난蘭

산에 가서
멀리 내려다보면
오르고
바라보는 것만으로도
호연지기浩然之氣가 되는 것처럼

빼어난 가는 잎새로도
넓어지고 깊게 만드는
난 꽃의 고결한 넉넉함이여
그래서 난,
난을 보며 묵상을 하지

넓어져라 넓어져라
깊어져라 깊어져라

대나무

만년의 세월과 풍상이 만나고
바다가 뭍이 되어야만
뿌리박힌다는데,

열청 푸른 기다란 대공
그래서
만년 청이라고도 하지

어디에 있든지
누구를 만나든지
굴하지 않는 기다란 목

다시 또
만년의 시간이 흘러도
끄떡없을 대쪽의 위엄
아, 변치 않는 푸른 곧음이여

백화정
– 낙화암에서

솔숲에 둘러싸여 있지만
멀리서도 나는 알아보았네

시퍼런 단청이
세월에 묻혔어도
낡은 적막은 그 고요를
베고 있는데

오오, 물에 떠간 꽃잎은
오래도록 슬픈 전설이 되었고

속절없는 세월에
꽃잎 같은 인간사를 정좌正坐하고
참하듯 눈물 흘리는걸
멀리서도 나는 보았네

무시로 떨어지는 낙화, 낙화여

가을 그 곳, 국립중앙박물관

청명한 가을빛, 하늘은 높고
푸른 하늘 밑, 호수가 깊다

호젓한 시간의 여유가
지평선을 물들이는
금빛처럼 부유한 오후
가을 그날, 국립중앙박물관

선사 시대적 유리관 안에
자갈처럼 흰 뼛골이
두 손 모은 단정으로
속절없는 생生을 머물고
헛헛한 내 시선 사이로
오랜 골동骨董처럼
당신의 눈빛이 익는다

아득히 시간을 거닐며
선 사적 기쁨을 기리고
고요의 시간을 꿈꾸고
흐르는 빛을 머금어
박물관에 과거를 낳는다

그래, 당신은 가고
내가 머무는 이곳에 가을이 오니
한 시절 그렇게
기쁨과 고통은 잠들어

열락悅樂으로 솟는 기지개처럼
다시 온 발걸음이 되었다

본능의 힘
– 새鳥, 비오리

석회암 절벽을 뚫고 새끼를 돌보는
거룩한 본능
새, *비오리의 모성을 본다

뒤쳐지고 모자란 문 열이, 새끼에게도
균등한 시간을 허락하고
하늘과 강물을 넘나들며
높이 날아올라 힘겨운 훈련으로 단련시킨다

아, 거듭 바라보지만
동물 세계의 순정한 경이로다

극한의 삶일수록 강철같이 샘솟는
비오리의 거대한 본능 앞에
들여다볼수록 머리 숙여지는 나는
비오리보다 결코 나을 것 없는
철없고 미숙한 영장류일 뿐,

우연히 들여다본 삶 속에서

본연의 본능이

깊은 철학으로 파고들며

변함없는 자연의 이치를 깨닫게 한

비오리의 모습은 찰나의 거룩한 경건이었다

*기러기목 오리과에 속하며 한반도 전역에서 겨울을 나는 흔한 겨울새

소금

길고 지리한 시간과
서늘한 바람과 햇볕
오롯 사람의 수고가
한 낮을 거둬들여야
세상의 이로운 빛
반짝이는 보석이 된다

태초의 푸른 바다 속
순수에서 기원한 하얀 결정結晶

짠맛으로 세상에 이로울 하얀 꿈
설원을 이룬 영원의 하얀 빛,
만물의 모든 맛의 근미根味여

붉은 아카시아

오월,
태양이 저 홀로 타오른다
숨죽은 아카시아 숲에

침묵의 네 순결은
봄결에 녹아
저리 붉게 흐드러지나
태양보다도 붉은 아카시아가
붉은 눈물을 뚝뚝 흘리며
붉은 상처가 되었구나

불타는 봄,

너 홀로
타오는 목마름으로
뜨거운 그리움으로
오랜 세월을
피보다 붉은 절규로 섰구나

한산도에서

한산 섬 망산, 망루에
우두커니 홀로서서
임의 넋 계신 제승당 바라보노니
고적한 수면에 달 솟는 기척은
마치 우리임의 소쇄瀟灑한 모습 같아라

달빛 아래 칠흑의 바다는
검은 비단결 되어 밀려갔다 밀려오고
여러 날 부릅뜬 눈 밝혀둔
거북등대의 포효는
임 향한 절대 고독의 몸부림인가
허공을 그리는 설움의 손짓은 구슬프구나

한 세상 살고 남은 물새,
울어 새던 날이 몇이던가
임은 간데없고
수루戍樓의 깊은 시름
그날 최후의 순간도 물결처럼 떠내려간
조수潮水가 되었는데

늙어진 달그림자는 졸고

적막의 밤바다는 자애로운 눈동자를

드리운 것처럼 검고 그윽하건만

바위에 부딪쳐 우는 출렁임은

*일성호가—聲胡笳 되어 남의 애를 끊나니

*한산도가 중

반곡 마을에서

마을이 불타오르듯
산수유 애타는
지리산 *반곡마을에
가을이 붉다

유리알처럼 붉은
열매군락을
스쳐 깨우는 소슬한 바람
그 바람을 타고
들녘에는 벌써 꿈꾸듯
노란 동경이 펼쳐진다

넘실넘실 다랭이 논밭처럼
부드러운 곡선으로
다가오는 그대는
내가 기다려온
열아홉 꽃봉오리 곱디고운 임

가지런한 맵시에
검은 달비머리 빗고
천 년, 노고단을 넘고 넘어
지리산 붉은 꽃담길 타고
오는 임이여

*반곡마을: 지리산 산동마을에 있는 산수유 군락지

겨울 산

겨울 산에 하얀 눈이 내리면
결 고운 능선은
멧돼지 등허리처럼
보숭보숭한 털 산이 된다

어디쯤의 시작이
녀석의 꼬리이고
어디만큼 넘어서야
녀석의 머리와 만날까

가끔, 나는
정겨운 녀석의 등허리에
오르고 싶어
건넛산, 높은 마루에 올라서서
능선의 줄기 따라 가늠할 수 없는
녀석의 배포를 헤아려본다

한겨울 산등성이
깊은 심중, 마다마다
산저山猪가 자리한 산허리

매서운 질풍에 하얀 눈 내리면

털을 곧추 세운,

여전히 든직한 겨울 산을 볼 수 있다

스톤 마운틴
– Atlanta에서

억만년 돌덩이의
묵직한 침묵은
오랫동안 눌러왔던
네 그리운 그리움의 무게

어떤 그리움의 무게가
걸음을 재촉하여
너는 먼 이곳까지 왔을까

바람에 떨며 지내온
오랜 세월을
눈물로 떠오르던 별의 위로가
순수로 펼쳐진
외롭고 끝없는 광야를 본다

한 세상 가까이
끝없는 이별이 노을빛으로
물들어 와도
거대하게 굳어진 가슴에는
푸른 한 잎, 파란 이끼가 피어
침묵의 시간을 견디고
끝없이 바람의 노래를 한다

바람이 불고
바람은 불어,

이윽고 오랜 세월 그리움의 노래는
풍후하게 빚어져
지상의 연인으로 우뚝 섰다

거대하여서
위대한 황홀함으로

펜pen

홀로 남아 있는 용기로
몇 날을 지새우고

나날이 지치지 않는 올곧은
송곳이 되었다가
더러는 검은 비명이었다가
눈물 한 방울에 깊게 스며드는
짙은 연민이었다가

언제나 해완懈緩의 길은 없어
푸른 밤을 닮은 시퍼런 날은
더욱 차가워지고 깊이 박히는
가시가 되었다가

날카로운 눈빛은
떠도는 낱자들을 채우고, 묶더니
수천 년의 글 감옥 속에서
말없는 침묵이었다가
스스로 빛나는 글이 되어 세상을 뒤흔든다

고석정, 목련
– 철원에서

멀고 먼 발길을 그리다
그리다 만나 앉은 고석정에
타오르던 목마름 놓아 쉬었더니
설핏 찾아 스쳐 날아가는
외로운 새 한 마리

새봄이면 전하여줄까 하지만,
미련한 그리움은 붉은 지뢰가 되어
육십 해를 늙었다

북녘 땅, 홍 목련은 피었다 지는지
서러운 눈물이 고석정을 돌아 흐르건만
여태도록 스쳐 나는 저 새는
소식하나 물어오지 않는데

멈추지 않고 굽이굽이 돌아 앉아
꺾이어 흐르는 녹슨 이념의 붉은 물살에
봄이면 남녘 땅 백목 단은 흐드러져
어이, 어이,
하얀 눈물을 쏟는다

약속의 다리
– 독일 라인 강 호엔촐레른 다리에서

비가 내리는 라인 강에
수많은 약속의 언어들이 모여
한 마디씩 한다

영원을 부르짖으며
서로에게 입맞춤하며
거룩한 시간의 영속을 희망하며

옹기종기 모여
한 치의 틈, 남아있는 시간의 공간마저
메우고 있다
젊음은 붉은 정열이 있어 좋다

정처 없이 비는 내리고…….

누군가의 시간은
소망의 약속을 저버린 채
퇴색의 빛으로 붉게 녹슬고 있다
보이지 않는 그들의 맹세가
바람결에 흩어져 사라지 듯
어느 누군가는 낯선 연인이 되어
쓸쓸히 다시 찾는 이 곳이리라

여전히 다리 첫머리부터 멀리 끝까지
붉은 정열이 굳게 사랑을 속삭이고 있다

그러나 늙은 후퇴를 버티지 못한 약속들은
지금도 서서히 녹슬어
불같았던 그들의 맹세가 사라지고 있다

하염없이 비는 내리고
강물은 끝없이 끝없이 흐르건만

자작나무 숲으로 가자

질긴 겨울에
서릿발처럼 화장하고
추운 겨울을 사는 나무

어둠 속에서
하얀 울음 신호하는
저, 자작나무 숲으로 가자

시린 발로 삐쩍 서서
하얀 입김으로 외치는 비명에
소리 없이 나부끼는 눈꽃처럼

지금, 숲의 외침이 들리지 않아도
아스라한 태고의 기억 너머로
일깨우는 자작나무의 손짓
머나먼 영험으로 부르는 노래

그 노래를 따라
오늘, 너와 나는
겨울을 꿋꿋이 견디며 사는
저, 자작나무 숲으로 가자

차가운 숲의 고독이 처량해지면
외로운 땅에 부엽토를 깔고
그곳에 맨살을 드러내고도
수줍지 않은 너와 나는
태곳적 아담과 이브가 되어
이제 뜨거운 하나로 넘실대는 우리가 되자

가자, 우리의 호흡이
뜨겁게 타오르는 저 자작나무 숲으로,

너와 나 다정히 손잡고
별이 춤추는 초원의 하얀 바다에
마음의 고향 게르Ger를 짓고
문 열어 흔연히 받아들이는
우리의 사랑 저, 자작나무 숲으로 가자

바람 부는 날 남산을 가보라

바람 부는 해질녘,
남산을 가보라

오랜 세월을 견디고 자기만의 세계를 이룬
갈라파고스처럼
오랜 시간을 이겨내고 우뚝 선
그 늠름한 연륜의 기상을 보고 오라
끝없이 돈후敦厚한 성품의 세계가 있을 것이다

찬찬한 걸음으로 그 길을 걸어 올라보라
늦여름 다소곳한 꽃의 품성과
노천에 무르익는 낭만이 풍요로울 것이다

바람이 가만히 손잡아줄 땐 야경을 바라보라
화려한 불빛 향연 그윽함에 취해
그 밤이 더해질수록
어느 순간 귀밑머리 스치는 실바람 함께
파르르 떠는 감동의 카타르시스가 있을 것이다

그리하여 그대여,
해지는 노을이 아름다운 날
바람 부는 해질녘엔
갈라파고스 진화의 전설을 그리며
남산을 가보라

그 장엄한 의기와 절개의 포용에
우미愚迷한 나를 일깨우고
수천 년을 살아가고 살아갈 빛이 될 것이다

광륜사에서

도봉 제일 문 언덕
215년 수령의 느티나무를 돌아드니
봄바람에 베인 듯 젖은 꽃잎 눈꽃이 되어 날리고
고목을 흔들어 깨우는 라일락 향기가 짙다

업장의 응어리,
무명과 번뇌를 띄워 보낸 오색연등
고해 바다인 현상계의 사뭇 술렁거리는
또 한 켠의 속세를 엿본다

저편, 대웅전
아득한 불심의 향이 피어오르고
일체종지, 지혜의 문을 여는
고요하고 끝없는 불제자들의
백팔 번 자성 귀의

흔연히 받아들이고 또 받아들이는
포근한 부처님의 미소엔
일체유심조를 깨닫는 우주가 있다

마애삼존불
– 용현 계곡에서

초승의 눈섶한
자애로운 미소

한 올 바람에 걸어 나오는
부드러운 손끝의 성문城門이 열리면
젊은 호면湖面의 유리알처럼
쌓여진 깊은 연륜을 본다

영원의 길목에
말없는 눈빛으로
떠오르는 아침

하얀 꽃 빛깔, 어진 신비를 드러내며
신성한 광배가
출렁이며 계곡의 전설이 된다

세석평전

기나긴 하루의 연속은
25억 년 전의 그날이 머문 자리
물로 덮여 있던 초대륙의 분리가
물 둥지를 만들었다

선캄브리아기의 열곡으로
평전의 운하가 된 습지에
아득히 먼 옛날 다시 돌아온 물새가 날고
현세의 담비가 꿈꾸고
신비로 술렁이며 노련한 삶이 다녀간다

촉촉한 밭작물처럼
고지대의 평야에 고대의 관입암과
상생하는 녹음의 깊이여

하나의 근원은
연달아 무엇을 불러왔다
그러나 알 수 없는 신성
높이 솟은 평지의 오아시스,
세석평전

고삼 저수지

그윽이 다가오는 숨결처럼
물결은 고요히
수면에 어리는 물안개에
탈속한 미르의 자취가 어려 있어

마침내, 아득한 시원으로부터
은근히 차오른 풍경에
수초 사이로 감기는 호심이 맑다

눈을 감으면
더욱 명징한 물빛 목소리
마르지 않는 쪽빛 푸르름

새벽 별이 빛나면
어둠에 떠오는
물살의 자애는 더욱 헤아릴 수 없어라

싸가지가 예쁘다

청빈한 텃밭
소담한 밭고랑 사이마다

옳거니! 잘 자란 가을 무
조로의 가득한 사랑을
담뿍 축이고는
파란 이파리 저리도 반질반질 하구나

고놈,
싸가지가 참 예쁘게 자랐네

정

단단히 다져진 포도鋪道처럼
거센 비에도
무너지지 않는 결속이며
풀어지지 않는 짙은 포옹,
붉은 꽃 보다
강렬한 혈血의 귀속

끓어오르는 피와 같아서
뜨거워도 어쩌지 못하는
맹렬한 혈류

칭찬의 즐거움

칭찬의 즐거움은
청록빛 우거진 느티나무처럼
포용의 온유로 모두를 안아 올리는
무한한 다정함이다

그리고
언제나
기쁨에 빛이 되는 즐거움

주는 네가 춤추고
받는 내가 춤추는

가슴 벅찬 환희의 노래

비둘기 모정

인적 뜸하여 스산한 나무에
어언간 알 품은 비둘기
묵직이 밑두리를 덥혀 새끼를 품었다
오롯 새끼를 품어 키우는
무념무상無念無想의 또렷한 눈동자
그 열망의 번득임에 숙연한 바람도
그저 낮아져 고개가 겸손하다

어떤 날, 거센 폭풍이
연약한 보금자리를 휘젓고 마는데
사나운 공포에 소스라쳐도
날갯죽지에 새끼 품어 안고
꿈쩍 않는 어미 비둘기 모정이 애처롭지만
하늘보다 높고 거룩하다

이윽고 구구 비둘기
처음으로 환히 눈 뜨이면
몇 날, 헌신의 상냥한 모성은
곧 비상하는 나래짓으로
태양을 물고 창천蒼天을 우러른다

바람과 나무

다정한 속삭임으로
살포시 끌어안고 가는 바람에게
나무는 파르르 떨며 온 몸을 요동친다
마주선 나무와 바람
알 수 없는 곳에서 바람은 늘 불어오고
대답을 몰라도 나무는 늘 흔들린다

다시 한 차례 바람이 일었다
그러자 나무는 그저 나부낀다
불어와 흔들어 우는 그들의 뜨거움이
하루를 잉태하고 생동한다,
하루를 낳고 갈무리한다

어디로부터인가
바람은 계절을 깨우고
어디론가 나날의 끝을 알리는
시간속의 나그네가 된다

보라, 그들의 삶은 얼마나 깊은 것이며
그 얼마나 높은 데로 이르러있는 신비神秘인가

밤

매일 불멸의 환한 눈길을
바라다보았던
연정의 달밤

잠결에 눈뜨니
그믐달 되어 숨어버린
어둠에 휑한 밤

일렁이는 그리움 두고
서리는 내려 앉아
달빛을 대신하는 밤

차가운 밤의 정원에
한없이 고개 숙인
가을 잎새가
남모르게 깊숙이 우는
고적히도 슬픈 밤

wonderwall

그곳으로 가고 싶어
닫혀있지만 열려있는 곳

내 머리는 항상 그곳을 향해있고
마음과 눈빛도 닿아 있지

어쩌면 구불구불 숨어 있을지 몰라
열망이란 그런 것

지름길이 아니어도 좋겠어
오늘이 아니어도 좋지
마르지 않는 감각의 여울로 함께 할 테니

더 이상 서성이지 않아
다가오지 않는다면 내가 다가가리

나는 너에게
너는 나에게,

wonderwall

눈 내리는 밤

어느 집, 질화로에 고소하게
익어가는 밤처럼
밤이 익어 가면
눈 내리는 밤도 고요히 익어간다

탁탁 익어가는 맛의 소리가
눈 내리던 그날 밤처럼
눈 내리는 날이면
고요를 깨우며 다가온다

밤 익는 소리가
깊은 밤,
귓전에 가득하고
하염없이 눈은 내리는데
고소한 밤 익는 냄새는
눈처럼 아스라이
기억속의 따뜻한 정으로
소담히 쌓여만 간다

삶

어디서인가 부는 바람처럼
오는 곳, 가는 곳 모르게

모르게
그렇게 모르게,

꽃 피고 꽃 지는가 모르게

어느 날
홀연히 보였다
흔적 없이 사라지는

저 홀로
철썩이며 노래하는
슬프고도 장엄한
교향시交響詩

좋다

하늘 청명하니 좋다
바람 불어오니 좋다
바람에 한들한들
살살이 꽃이 좋다
그 바람에 흩날리는 꽃향기가 좋다

비가 내려 좋다
바람 실린 비가 와서 좋다
그 바람에 비 맞은 흙냄새가 좋다

그리고 나의 옆에 다소곳이
나를 바라보는 내 임의 그윽한 눈빛이 좋다
그 눈빛에 일렁이는 심장의
고동 소리가 좋다

오, 숨 쉬는 생명의 고귀함이 좋다

좋다
좋다
다 좋다

가을 갈무리

가을 끝자락, 눈부심 속에
빛나는 처연함 두고
갈무리 짓는 다알리아 꽃

그 몸부림에
숙연히 머리가 숙여집니다

가는 가을, 한 층 더
풍요로워 지자는
꽃 대공의 조용한 속삭임으로
가을이 무르익더니,

고이 떠나고 남은
가지초리에는
하얀 서리꽃이 핍니다

새처럼

내 마음도 저 하늘 새처럼
무한 경계 없이 날고 싶어라

꿈꾸듯 *안차게
날아, 날아올라

마음 닿는 곳에
어느 날은 보금자리를 짓고
평화로운 노래 부르리

부르다, 부르다
차오르는 그리움 일면

세상 끝을 향하여
여문 날개 펴고
다시금 활짝이 날아오르리

*안차게: 겁이 없고 야무지다

거미

홀로
제 몸의 실을 뽑아
족하도록
한 평, 집을 짓고는
가뭇없이
일생을 마감한다

오, 삶이란
이토록 처절한가

눈 내리는 설원에

저기 새하얀 순수로
끝없이 내려 빛나는
더없는 흰 정경이여

고요히 나리면서
어쩌면 저토록 강렬할까

수런수런
신백申白의 문이 열리는
저 눈 내리는 설원에서는
진리의 눈이 뜨이는 것일까

옛 사람이 일러 말하기를
*1월의 동장군 한파에
내려앉은 가득한
하얀 설원을 보여주고 싶지만
그대들 값 모를까 그게 두렵네

*당나라 때 선승 선종고련의 시 인용

노을

저무는 노을이 아름다운 건

붉은 출혈로 모든 것을 토하며
오로지 자신을 태우기 때문이지

오늘 남김없이
스러지더라도

내일 또다시 그렇게 끝없이
오늘을 태우기 때문이지

도라지 꽃

죽어서도 지키고 싶었던 걸까
너는 하늘의 별이 되고
이승에 남아서는 보랏빛, 하얀 빛
반짝이는 얼굴로
또 내 옆에……

전생의 형벌이었던 그리움,
슬픈 언약에 지친 여린 소녀는
오랜 세월에 야속했는지
타들어간 마음은
보랏빛, 하얀 얼굴로
볕을 등지며 피어났구나

후텁한 7월의 불볕에도
오롯이,
이제는 아픔을 등지고
순정한 몸짓으로
영원히 사랑하고 있구나

다리

당신과 내가 만나
외로울 틈 없이 이어주는 사랑

떠나고 보내는 슬픔에
눈물 괸 눈짓을
손닿아 닦아주는 포용

한갓 이름 없이 왔다가
흔적도 없이 홀연 사라지고
또 돌아가는 사람들 속에
아치로 미소 짓는 영원

곤한 세상에 묶여
한 묶음의 험한 세상살이
묵묵히 받쳐 들고
뭍이 되어 뜨는 네 곧은 숨결

창가의 느티나무

소리 없이 흔들리는
사랑이라는 이름으로
저녁이면 여린 바람 몰고
서슴없이 다녀간다

꿈의 떠다님 속에
외로운 밤을 걸어도
어느 곳도 동여매지 않은
아름드리 사철 넓은 품

사랑한다는 것은
기쁨과 고통
끝나지 않는 조용한 밀어

창가를 보면
여름날의 무한 그늘처럼
초록으로 웃음 짓는
무성한 사랑이 서 있다

민둥산

가까이 있어도
부르튼 가난으로는
벽은 허물어져

등을 기대어 울어도
슬픈 벽이 되고 마는
오, 민둥산

바람으로라도 서서
네 등을 어루만지고 싶다

한 세상 슬픔
네 가슴 쓸어주고 싶다

귀네미 마을

외진 국경의 밤
저기 언덕의 정점에
쏟아지는 은하수

즈믄 밤의 그리움이
엉기어 풀어내는
푸른 너의 머릿결은
바람에 이토록 아련해

수면과 같은 깊은 고요였다

잠의 끝자리
헤아려지지 않는 가득한 해무로
속삭여온다
석양빛으로 묻어온다

우두커니 바라다보는
진공과 같은 삶의 숨결에
어제를 벗어나 가벼운 탈속을 한다

빈집

언제인가 그곳에는
사랑의 불빛으로 가득 하였으리

떨어져 보이지 않는 그곳에서도
깊이 나누었던 목숨 있었으리

가까이 닿아서
두텁게 머물러서
따뜻했던 사랑방

하나 둘
가물가물
흩어지고 텅 비어버린 곳에

한때는
무너지지 않는 기쁨의 안식처
기대보다 더 큰 우주의 품이었으리

신기루

반평생을 살고도
몰랐던 무지를
너는 왜 오늘 나를 일깨우고
위태로이 떠나갔을까

밤 벌판에 서서
애타게 부르던 이름아,
날 밝기 전에 꼭 안고 싶었지
내 하나의 별처럼

너는 그저 신기루였을까

남은 생을 살아가야 할
내 여정의 빈자리에서 다시 펼쳐진
처음으로 걷는 길은
또, 언제나 끝없는 길
뿌연 안개속의 길

잡힐 듯 멀어지는 이름
너, 신기루여

삼복

엎드릴 복伏자, 하여
뜨거움에 허리 굽은 꽃 대공처럼
사람도
만물도
모두 엎어트리고 말지

아, 절기의 기막힘이여
덥다 덥다
복 더위

년 중 세 번을 엎드리고
세 번 복달임 하고 나서야
한 해, 건강과 복도 얻을 수 있지

그렇게 우리는 끝없이 겸손해야하지

깊은 고독

영혼은 자유를 날고 있지만,

자유란
저 홀로 떠도는 비상飛上

무인의 허공에서
떠도는 외로운 날갯짓

마른 눈물

어느 날 문득
세상과 단절된 무표정에서
가장 슬픈 얼굴을 보았다

소리 없이 출렁이는 흐느낌,
고요해서 정적한
가늠 수 없는 슬픔을 보았다

더는 아무 말도, 아무 말도 할 수 없는
마른 눈물을 보았다

춘천 막국수

가난했던 시절 음식이라지만,

메밀 면에 얼음 육수
맛깔스런 붉은 양념장
가지가지 고명에
이게 가난인가요?
이만한 부자 음식 따로 없지요

더운 여름날은 시원해서 좋고요
추운 겨울날은 이한치한 하지요

단출하지만 풍요로운 미각
소박한 끌림의 진한 *게미

오늘도 한 그릇 하지요

*게미: 맛이 좋다는 전라도의 방언

3부
마주한 사람이 있는 밤

가을 몸살

제 무게만큼 푸르렀다 붉어진
마른 잎새들이
독한 그리움에 몸살을 앓다가
감기 열로 선혈을 토해낸다

가라, 붙들었던 세월이여 가라
옥죄었던 시간의 설움이여 가거라

울긋불긋, 가을이 눈물겹도록
너른히 물들여 오면
나는 어느새 헤진 마음 여미며
나를 맡긴 시간과 이별을 고하고저 한다

떠나오고 난 그리움이
선혈에 몸살을 앓다가
그 뜨거운 붉음이
다시 또 천인단애千仞斷崖
아득히 아득하게
사라진다 할지라도
나, 오늘 뜨거운 몸살을 기꺼이 앓으리

눈 내리는 밤을 기억합니다

당신의 숨결처럼 눈이 나립니다
겨울날의 그리움이
소담스럽게 피어오르면
저만치 흐려있던 기억이 언제였던가
눈송이 되어 세상을 흩뿌립니다

그 해의 우수는 거대한 눈덩이가 되어
그리움을 쌓아 올리고
눈멀었던 그 시간
기쁨이며 환희였던 하이얀 사랑이여
영원의 길목에 자리한 뜨거운 입김이여
나의 비린 입술에 생생한 성숙을 더듬어 온
당신의 눈동자여

하나의 꿈은 지워지지 않듯
꿈결처럼 눈은 나리고
기억은 밤결처럼 눈 되어 오는 밤

온천지 어디에서나 살고 호흡하지만
내 마지막 계절에
지상에서 가장 외로운 오늘
끝내 하이얀 눈으로 환영하는
당신의 숨결이

저토록 이슥히 매료하도록
황홀한 군무되어 오는
눈 나리는 밤,
눈 내리는 그 밤을 기억합니다

화수분

주어도 주어도
주고만 싶어
분수처럼 솟구치는 마음

그대를 향한 멈추지 않는
내 마음

그래도 그래도 부족한
나의 마음

마주한 사람이 있는 밤

마주한 사람이 있는 밤
그 밤은 행복하여라

저녁의 실바람이 귀밑머리 쓰다듬듯
사랑스런 그의 눈빛 따라 감겨오는

오, 황홀함이여
고결한 전율이여

순진한 농염이 옷을 풀어
관능의 몸짓이 될 때
수줍은 별들도 눈을 감았어라
가만히 숨죽여 은밀한 밀어를 들었어라

더해진 깊고 푸른 밤의 친밀한 속삭임은
축복의 시
감성 미학의 앤솔로지Anthology

마주한 사람이 있는 밤
그 밤은 축복이어라

그런 사랑이 있었네

겨울 산에, 추위에도
사철 푸른 가문비나무처럼
차가운 가슴에 뿌리를 내린
그런 사랑이 있었네

가슴속에 빨간 크리스마스 꽃이
피워진 어느 밤
지독한 추위로 꽁꽁 얼어붙은 산속에
북극성이 따듯이 빈 가슴을 녹이고
겨울의 절정이 추억의 별빛이 된
그런 사랑이 있었네

산명도 지번도 알 수 없는
첩첩 산중에
삭풍도 못내 아쉬워
눈꽃을 날 리우고
산은 하얀 담요를 덮어
뜨거운 동면에 들었다
풀 수 없는 고립은
순간의 언약이 영원의 사슬처럼
하염없이 눈의 결정되어 나리 엇다

눈이 내리고
눈이 내리고…….

멀도록 폭설이 세월을 더해도
아주 희미해지지 않는
그런 사랑이 있었네

덕수궁 연가

하늘 푸른 밀어가 하늬바람을 타고
덕수궁 돌담을 넘어 사랑으로 흐른다
쏟아지는 이야기는 발밑을 감기우고
두 손 잡은 약속과 가을의 정담을 듣는
고요히 노란 은행나무
서로가 기대어 웃고 기도하며 걷던
덕수궁 돌담길

만남의 신비가 파릇한 연정을 담고
가슴을 포옹하면 사뭇 떨림은
여릿한 진동의 붉은 선율이 되고
가을 햇볕에
고와서 서러운 사랑은
그만, 붉은 단풍이 되었다

따스하게 아로새겼던
그대의 길과, 나의 길에
하프 소리처럼 낙엽이 쌓인다

해가 기우고
외로운 하나의 그림자 곁에
돌담길을 덮는 가을만 남는다
다정히 이마를 맞대고 속삭이던 당신은
잊히지 않는 먼 이름이 되었다

가을 연인

아주 오랜 연인이
굳은 언약의 맹세처럼
고운 팔짱을 끼우고 거니는
감미로운 가을 길

따뜻한 인적人跡의 물결이
둥그런 호수 곁으로
잔잔히 밀려오면
보이지 않는 호수의 깊이만큼
연인의 사랑도 여울져 깊어라

그 사랑의 약속이
여무는 가을 속으로
변치 않는 화석이 된다
층층이 쌓여 유구한 사랑이 된다

가을 연인의 발자취는
머물지 않는 갈 빛
꿈꾸듯 만추의 감미로운 호흡을 한다

눈꽃

겨울 산, 한계령에
눈이 쌓이고
사나운 바람 불었다

내 그리운 얼굴
눈에 갇히고
바람에 갇히고 말았다

일찍 찾아드는
산중, 어둠의 고립도
못 견디도록 가득한 그리움은
끝 모를 암흑의 밤을 훤히 밝히는
하얀 눈꽃으로 온다

쓸쓸하여 적막한데
자꾸 눈은 그림처럼 나리고
보고픈 얼굴은 쌓여가는 눈꽃으로
야삼경夜三更을 비추인다

공지천에서

어둠속에 반짝이는 네온이
꽁꽁 얼어버린 천변에 몸을 풀어
아련한 불빛으로 어른거린다

아, 이십여 년 전의 건물하나 없던
공지 천에 현대식 카페가 줄지어 있고
나는, 격세지감隔世之感 먼 추억을 그리며
나무향내 짙은 카페 하나를 골라 앉았다

따끈한 카푸치노 한 잔에
모락모락 피어오르는 시절의 그리움
첫사랑의 달콤함이 달큰한 커피 한 모금에
후두 관을 타고 온몸을 간질이며 전율 되어온다

어둠속 테라스에서 바라보는 고요한 공지 천
일렁이는 네온의 불빛이
당신 얼굴처럼 여울 여울진다

겨울밤은 끝없이
밤하늘별처럼 아득하고
오랜 후, 공지 천은
당신과 나의 초야初夜처럼 불빛을 품고
황홀한 설렘에
온몸을 일렁이며 흐른다

가을에

갈빛 갈대 전신을 태우며
무연舞筵의 너른 자락에서 춤을 춘다

문득 허전한 삶을 두드리며
다가오는 그대의 노래

나의 심장으로
파고드는 그대의 손길
달콤한 입맞춤의 꿈길
넓고 포근한 그대의 숨결

못 견디도록
그대를 생각하는 내 마음이
두 볼 가득 수줍도록 붉어지는,

이토록 황홀하게 타들어가는
내 마지막의 노실路室

가을에…….

그대, 가을로 오세요

무서리로 차갑게 경직된 아침
부지런한 아침 새가
가을 선율로 숲을 지저귀는 때,
그대 가을로 오세요

나의 기다림은 갈 빛 서정,
갈 빛으로 물드는 숲,
서늘히 그대 곁을 맴도는 바람

넘실넘실 바람에 춤추는
기쁨의 갈대처럼
그대 환희되어 오세요

나의 기다림은 수억의 별바다,
수겁의 달세계에서
그대와 나를 이어
찰나와 영원을 방아 찧는 하얀 옥토끼

별 수놓은 은하수 너머
그대 영원 되어 오세요

감기

문 밖의 달빛에
적연한 꽃 그림자,
상고대 터널로 보이는
저만치 하얀 실루엣은 나부끼고
꽃피어 향기로운 듯
사랑에서 좋았던 밤은 아스라이 멀어지고

며칠 앓았더랬지요
머리는 띵하고
밤새 마른기침에 여윈 몸은
흔들거리다
고열에 질척이는 눈물도 있었지요

깊어가는 겨울밤
그대를 잊어야 하는 나는
쇠눈에 고립된
외로운 겨울 산짐승 되어 울고
고적한 기침으로
연신 서러움을 달랬더랬지요

하염없이 눈은 내리고,

하염없이 눈은 내리고

멈추지 않는 기침은

밤을 꼬박 새웠었지요

스타카토 사랑

보일 듯 말듯
아는 듯 모르는 듯

긴 여운의 쉼표가 아닌
통 . 통 느낌표가 주어지는
귀여운 스타카토 사랑

통 . 통 네 볼의 붉은 수줍음처럼
해맑은 순수

통 . 통 . 통
경쾌한 스타카토 사랑

발자취

어느 날 문득 함께한 발자취는
애틋한 그리움을 낳는다

무심코 지나치던 상점과
언덕 길모퉁이 분주한 잡도 속의
그 어느 벤치에서
그를 만나고 그녀를 떠올리고

아련한 책갈피에 담아놓은
그리운 추억처럼
지나칠 적마다 깊게 다가온다

어떤 날은 저리도록 파고든다

보고 싶은 마음을
정녕,
정녕 사무치게 한다

사랑 1

흠씬,

생의 감각을 흔들어놓는

광희狂喜와 통열痛悅

사랑 2

비 내리는 창가에서면
내리는 빗줄기처럼
온대지를
이토록 촉촉히
당신이 차지하고 있구나

내 마음 속 깊숙이
이처럼
당신은 흐르고 있구나

고백

정갈한 이마
고운 눈
반듯한 코,
야무진 입매

도드라지는
상긋한 웃음을 가진 너

영글어 쏟아지는
가을 햇살보다 더,

보고 싶어
보고 싶어…….

비와 당신

비 내리는 깊은 밤
내님의 포근한 숨결이
문밖의 어두운 사위를 다정히
감싸며 오네

메마른 대지를
촉촉이 적시는 빗소리처럼

사랑 깊은 내 님은
애틋한 그리움으로
칠흑의 어둠의 숲을 지나
고요히 다가오는 밤의 연가

오늬

네 마음을 얻고자
내 마음은 적당히는 숨겨지지 않아서
심중에 닿고 싶어 애를 태우지

너에게 도달하는 지름길은
활을 빌린 촉의 시위 끝에서
두 날개를 펼쳐 향하는 것

늘 네 마음의 중심,
과녁을 향해 달려간다.

가녀린 듯 하지만
강렬한 속도로 날아오는 두 날개, 오늬는
사랑의 과녁으로 향하는

너를 향한 날갯짓

4부
쇠똥구리와 21세기

한글

만리성의 멀고 긴 아득함처럼
만 가지 상형의 틀로 기억된 한자를
뜻을 열고, 풀어서
함축하고도 무궁무진한 의미를 풀어내는
오묘한 말글 풀이가

아, 얼마나 곱고, 의미심장한
깊은 울림의 낱글자던가!

우리글자, 우리의 얼, 한글
자소字素들의 모임 틀이 글자가 되고
뜻이 되어 언어의 유희를 낳는 독창성은
훌륭하고 기품 있는 고귀함

뿌리 깊은 나무는 바람에 흔들리지 아니 할세
애민사상인 여민락의 기품이여
대대손손 찬란무궁하여라

분노에 대하여

의분이 일 땐
타오르는 치분熾憤을 숨기지 말라
무쇠처럼 단단한 의로운 불덩이
결코 꺼지지 않는 맹렬猛烈
그 의분義憤을 높이 타오르게 하라

마음을 담금질 시켜 단련되는 불같은 힘
연약한 몸부림도 사나운 포화를 낳는
의연하고 의로운 곧은 불꽃

의분이 일 땐 분노하라
네 심장이 멈추는 일 있을 지라도
분노하고 분노하라

사목肆目

자유롭게 바라본다
마음대로 바라본다
가깝도록 바라본다
멀리에도 바라본다

창공의 빛난 별처럼
오직 그 하나의 순수로
반짝이며 바라본다

마음껏 보고 싶은 대로
멀리 멀리도록 바라본다
그렇게 매일을 나는
너를, *사목 한다

어둠속에도
하늘엔 행복한 별 하나 떠있다

*마음껏 보고 싶은 대로 멀리 바라봄

그대, 달려라

아침 새, 지절대는 활기가
어제의 뻐근했던 심신을 달래느니
오, 분기탱천 하늘을 품어 안을 기세로다
포신砲身의 강철처럼 보란 듯
의연히 서는 나의 새로운 기개여
나의 푸른 힘이여

시간의 들판을 거슬러
그대는 걸출한 *가라마를 타고 온
초인의 후예
부는 바람도 잡아 흔드는 광활한 우뚝함으로
산천을 달리며 포효하는
저, 위대한 천군만마의 호령아
거친 맥박으로 달려들던
조음調音을 다듬어 고운 숨 고르고
보라, 활짝 웃는 도다

찬미의 들판에 선, 늠름한 그대 얼굴
찬란한 말굽이여 지치지 않는 기세여
거침없이 자유로 날아오를진저

*털빛이 온통 검은 말

108

봄

봄이여
나 그대를 사랑하노라
계절이 흉내 낼 수 없는
너의 익살스런 나른함과
살굿빛 향연의 찬란
애틋한 향기의 오열을

봄이여
나 그대를 찬미하노라
스산한 바람이 살랑이며
여린 살갗을 스치는
봄의 결정, 봄 물결은
이토록 찬연하여서 슬픈 아름다움

그리하여,
봄이여 나 그대를 기다리노라

어제보다 푸른 빛
여린 새싹으로 새로운 미소 건네는
녹음의 왕관을 쓴 나의 여신을

강정에도 꽃이 피다
– 한겨울 제주 강정마을에서

고난의 매운 땅,
서럽지 않아도 불온한 세월에
눈물, 콧물을 훔치었지
한때는 저 악랄한 제국주의자들에게서
불령선인不逞鮮人이란 낙인에
작은 섬마저
내 나라 내 조국이 아니었던
산산이 부서지고 흩어진
고약한 시절이 있었다

다시 온 매서운 한겨울
모질게도 메마른 남녘의 끝자리에
혹한의 눈이 나린다

지리한 세월을
맨 몸 하나로 언 땅을 받치고 섰던
마른 나무줄기에
성스러운 하얀 꽃들이 피어오른다

네 눈물 마르고,
나의 눈물 마른 땅에
평화를 향한 쓰라린 눈물이

고운 꽃송이로
송이송이 내려앉는다
염원의 하얀 봉오리가 터진다

2014년 12월 겨울
제주, 강정에 눈꽃이 나린다

부디 순수의 고뇌는 부풀어 올라
언 땅을 포근히 감싸는
승리의 깃을 들고
이제, 순백의 열사烈士는
평화의 하얀 눈꽃으로 피어나라

* 강정 마을: 2014년 제주 해군기지가 건설된
           제주도 남쪽의 서귀포시 서쪽 해안마을

재앙의 문

네 혀끝의 간살한 문
수없이 열어젖히니
멈추지 않고 들락거리며
조잘대는 시뻘건 간교 덩어리
진정의 영혼도 없는 거짓의 말발은
돌고 떠돌아 종착지에 닿아서는
검은 재앙으로 타올라
불신의 앙금이 된다

그리하여 저 쉼 없는 교활의 입은
어수선한 세상을
혹세무민惑世誣民 하는구나

경거망행輕擧妄行한껏
열어젖혀 휘두르다,
한 날은 저 무시무시한
기요틴guillotine의 칼날이
부메랑 되어 네 혀끝을 자르는
단설도가 될 것이니
끝도 없이 떠드는 간교한 네 문을
시작도 끝도
올바르게 열고 정직하게 닫아라

모든 죄악과 재앙은 간사한
네 입에서 시작되느니

팽목항에서

이곳엔 이제 낮이 없다
붉은 낮이 사라진 곳은
저 묵지근한 검은 파도의
무시무시한 장막으로
포위 돼 버린 지 오래

밤하늘별도 숨어
슬픔 속에 못내 지친 발걸음,
그들마저
이제는 종적을 감출 것만 같다

적막한 바다는 숨죽이고
사람이 살지 않는 알섬처럼,
산 그림자가 검은 저승 사자되어
주위를 서성이더니
휑뎅그렁한 섬 구석구석
꽃들의 묏자리가 되었다

아, 이제 어느 하늘 아래에서
너희 이름을 다시 부를 수 있을까

오래도록 슬픔에 절은 바다가
검게 타도록 기울어가는 세월에
아슴해져도
울부짖는 팽목항은
부디 현세의 마지막 슬픈 종착 항이길

노근리에서

바람이 척박하게 불어오는
이른 봄날 노근리는
산양이 뛰노나 하여 산양 벽이란다

뛰어 오르는 산양의 기세로
우뚝 서 있는 바위산에
금수산천 붉은 피로 물들인 총탄의 흔적이
가슴을 찌르고 토해내는 핏물이 되어
산양 벽을 안고
모질었던 시절을 품었어라

그리하여 저릿저릿한 역사를 껴안고
굴곡의 시절을 보내고 남은
고되게 서있는 바위산의 얼굴

풍상風霜의 육십 여 해 지나도록
새 날, 새 아침이 와도
노근리 산양 벽에 새겨진 총탄의 생채기는
잊히지 않는 아픈 역사의 고문으로 남아
잔혹한 문신처럼 흉악하다

*노근리 학살사건
한국전쟁 초기인 1950년 7월 26일 미군이 노근리 경부선 철로 위에 영동읍
주곡, 임계리 주민 500여 명을 '피난시켜 주겠다'며 모아놓고 무스탕 전투기로
기총 소사한 사건이다.

소에 대하여

먼동이 트면
새벽의 고단한 삶은 시작 된다
가녀린 코 둘레에
네 몸을 옭아버린 코뚜레는
쇠골 빠지도록 중노동으로 이끈다

첩첩이 산중,
워낭소리는 메아리 돌고
팔순 노인의 여윈 손힘에 끌리어
우직이 지르밟는 고된 힘을 놓아
제힘 다할 때까지 불고不顧않는
미련하도록 단직한 연민을 떠안는다

너 모르게 누대로 강탈돼버린
미련한 소의 삶이여
네 의지로는 어쩌지 못하는
혹독히 가엾은 생의 굴레여

낡은 달구지 싣고 오르며
늙어지도록 수고를 하다
오늘, 커다란 눈에 이슬 떨구고
평생 함께했던 주인 떠나
저 먼 서천다리를 건너 가는구나

신문을 보다가

아침 신문을 펼쳤다

온통 어둠의 글자들
온통 억울한 사연들
온통 비굴한 변명들
온통 침울한 언어의
독극물이 도배를 한다

아침부터 독을 마신 나는
하루를 신음하고
너덜너덜한 마음은 그날그날
억울한 세상의 시궁창에서 허우적인다

논리 정연한 듯 치장한
문장의 조합이 사고를 혹세하고
사람과 사이사이를 무민 한다

작은 글자 뒤에 숨어
날카로운 발톱을 가린
한낱,
추악한 말들의 사기종잇장

하루의 감성을 이간하는
심리의 침략자

유월

유월의 갈피갈피마다
고독으로 응고되었던 깊은 슬픔은
눈물로 쏟아져
굵은 장맛비가 되어오네

아, 물처럼 흘러가버린
당신은
다시 또 유월이면
빗물 되어 찾아오는데

하염없는 그리움보다도
짧은 유월은
심장을 도려내듯
가슴 골짜기를 타고
저만치 멀리멀리 흘러만 가네

위대한 양성자

작은 존재, 양성자
알파벳 'i' 한 점의 해당하는 공간에
5천억 개가 들어갈 수 있도록
우주의 공간을 만들고
팽창하여 빅뱅을 한다

수소를 만들고
헬륨을 만들고
리튬이 생겨난다

신비로운 우주 정원에서
보이지 않는 원소의 집합체로
세상을 만들고,

먼지처럼 작은 우리와 숨쉬며
무한 광대,
우주를 채운다

그의 노래는

흐르는 강가에
반짝이는 햇살처럼
그의 노래는 아련하여 맑다

살며시 낮게 흐르는
음의 폭은 주위를 돌아 돌아
나날을 깨우고 어둠의 운치를 더한다

아침엔 귀여운 새 소리되어 온다
또, 고운 결 바람처럼 다가오는
한낮의 그리움으로 온다
그리하여 저녁으로 가는 길목에
활짝 핀 보랏빛 달리아의
고혹적인 입술이 되어 피워 오른다

아, 감성의 연금술사!

맑고도 언뜻 언뜻 탄력이 느껴지는
고운 노래의 향연은
영롱한 이슬 되어 마른 숲의 목을 축인다

멀리서도 가까운

그의 노래는

영원을 달리는 영속성,

그 궤도의 진리를 깨우고

순정한 날갯짓으로 이끌어 비상하는

나의 노래가 된다

종로 관철동에서

관철동에 어둠이 닻을 내리면
밤은 식을 줄 모르는 불야성
화려한 네온이 춤을 춘다

지친 삶의 무거운 그늘이 모여
고샅 가득 혀를 날름이며 호객을 하면
줄달음치던 두 발들이
고된 오늘을 잊으려 어깨동무하고
축 늘어진 어깻숨을 내쉰다

한창 시절에 어인 심사로
늙수레한 나이배기하고
세상을 향하여 도마질이런가
어찌 됐든 아스라이 무뎌지고 말 것을

그러나 그들이 있어 젊음의 건배가 있지
때론 호전적인 그들이 듬직하다

어둠이 무르익으며 와자한 관철동에
청춘의 나이테 하나 더한다

망초 꽃의 노래

태양이 타오르는 한낮 저 들판에
하얀 망초꽃 삐쭉이
한 곁에 서서 노래를 한다

주름진 상처와 고뇌의 눈물로
살이 녹아내리도록
굽어진 세상을 견디고 견디어내며
가녀린 대공으로 서서 노래를 한다

붉은 태양 지천을 녹일 듯
칠월을 태우는데
길게 목을 빼고 선 꽃대공의 하얀 얼굴은
타오르는 목마름의 그리움이런가

서로 맞대어 서서
뜨겁게 뜨겁게 노래를 한다

슈퍼 문
— super moon

자전하여 떠오른다
뫼비우스의 띠처럼

멀고 멀더라도
돌아 돌아서 떠오른다

10년의 그리움이
은하 세계 억겁의 연이 되고
흑처럼 까만 밤을 기다려
거대하게 떠오른다

지상에서 맺은 언약의 미소가
오늘 밤 저토록
환하게 떠오른다
슈퍼 super로
문 moon이 되어 떠오른다

실안 낙조

나는 가녀린 두 다리로
성깃하게 얼어버린
너의 곁을 걸었지
지상에서 보지 못한 너의 사잇길을

마르지 않는 세상 깊은 곳에서의
첫 입맞춤은 이미 슬픈 아름다움
가면 갈수록 멀어지는
금빛 붉은 처절한 탄성

지금 이 순간
지금 이 자리
첫 눈빛의 그윽한 뜨거운 엘레지

빈산
– 군함도를 보고

겁 많았던 내 사랑이
그대 향한 마음속의 아픔
어쩌지 못하여 미운 이빨 드러낸
승냥이가 되어 제 살 에이고
제 살 뜯기다
끝내 지나는 새 한 마리
쉬어 가지 않는 빈산 되었다

가슴에 남았던 뿌리마저 달아나 버렸다

맨살로 호흡했던 끝없는 절망에
내 젊음은 베여버려
하나의 꿈은 지워지고
어느 땅에 묻혀 끝내 눈물로 환영하는가

이제 끝났다
홀로 울던 외로운 가슴은
세월에 저물어도
마침내 살아 돌아올 끝없는 저항,
영령英靈은 영원히 살아서 빛나리

촛대봉
– 지리산에서

당신은 영원한 나의 하늘
다시 한번 내 눈물을 보아주세요

스스로 그어버린
외면이 아니잖아요

흐린 세상에
거대한 폭풍우에
한 생의 굽이굽이 너른 품,
몸 하나지만
유장하고 깊어진 내면의
설움을 기억해 주세요

묵묵히 바라만 보는 기다림
천 길 지경地境에 우뚝 서서
애태우는 촛불의 열망,

떨어져 우는
당신을 향한 눈물을 보아주세요

쇠똥구리와 21세기

인간의 삶보다 더 오래였을
그날부터
바닥에 그려 내었던
동그란 너의 꿈

언제부터인가 저주의 유산,
콘크리트가
푸르렀던 네 삶의 터전을 막고
추악에 절은 세상의 바닥에서
작은 꿈은 짓밟히고
보금자리는 파헤쳐 졌지

자연을 거스른 그들의 이기로
너와 네 이웃은 무참히 쓰러져 갔고
오염된 공기와 토양에서
종족은 멸종되고 말았다

거대하다 부르짖던 인간의 교만 속엔
역습하는 기후와
고갈되고 썩어버린 바다와 들녁뿐……

아, 쇠똥구리 쇠똥구리여!

삭막한 대지에 단비가 되어줄
동그란 너의 꿈
네 작은 몸짓의 노동
경이로운 기여가,

이토록 간절한 증오의 21세기

그들의 왕국

한때는 수몰지대로
물새들의 천국이었던 곳

복잡한 편리와 수익률에 낚여
멋모르고 황금알을 낳는 거위만 남았다

하늘도 두렵지 않은
서양식 월가의 빌딩이 들어서고
권력의 전투가 거래된다
두 귀는 닫혀 앞만 보고 달리는
철저한 그들만의 멘탈

살아있으므로 죽어가는 무언의 시대

어쩌면 부유하여 가득한 그곳에는
부족하지 않아
더는 남겨둔 것이 아무것도 없으리라

저주받은 유산의 가련한 미래,
그대들의 왕국

자작나무 숲으로 가자

초판 1쇄 인쇄일 • 2019년 10월 15일
초판 1쇄 발행일 • 2019년 10월 20일

지은이 • 고유진
펴낸이 • 임성규
펴낸곳 • 문이당

등록 • 1988. 11. 5. 제 1-832호
주소 • 서울시 성북구 동소문로 65-2 삼송빌딩 5층
전화 • 928-8741~3(영) 927-4990~2(편)
팩스 • 925-5406

ⓒ 고유진, 2019

전자우편 munidang88@naver.com

ISBN 978-89-7456-523-7   03810